a palavra ausente

Marcelo Moutinho

a palavra ausente

Todos os direitos desta edição reservados à Malê Editora e Produtora Cultural Ltda.

Direção: Francisco Jorge & Vagner Amaro

A palavra ausente
ISBN: 978-65-87746-84-5
Edição: Vagner Amaro
Assistente de edição: Marlon Souza
Ilustração: Raul Leal
Capa e diagramação: BR75 | Raquel Soares
Revisão: Geisiane Alves
Texto revisado segundo o novo Acordo Ortográfico da Língua Portuguesa.
Proibida a reprodução, no todo, ou em parte, através de quaisquer meios.

```
Dados Internacionais de Catalogação na Publicação (CIP)
        (Câmara Brasileira do Livro, SP, Brasil)

    Moutinho, Marcelo
        A palavra ausente / Marcelo Moutinho. -- 1. ed. --
    Rio de Janeiro : Malê Edições, 2022.

        ISBN 978-65-87746-84-5

        1. Contos brasileiros I. Título.

22-114328                                    CDD-B869.3
              Índices para catálogo sistemático:

    1. Contos : Literatura brasileira   B869.3

    Aline Graziele Benitez - Bibliotecária - CRB-1/3129
```

Rua Acre, 83, sala 202, Centro. Rio de Janeiro
www.editoramale.com.br
contato@editoramale.com.br

Para o meu pai, que se foi, mas não é ausência.

"Nas suas margens nuas, desoladas,
cada homem tem apenas para dar
um horizonte de cidades bombardeadas."
Eugénio de Andrade

"Os poemas respiram nas prisões."
Mathilda Kóvak / Luís Capucho

SUMÁRIO

nota prévia do autor	11
água	15
cavalos-marinhos	21
interlúdio	33
jogo-contra	39
folia	49
um cartão para Joana	59
céu	67
para ver as meninas	77
Dindinha	89
dona Sophia	99

NOTA PRÉVIA DO AUTOR

Os contos que integram *A palavra ausente* foram escritos entre 2009 e 2010, sob o impacto da morte de meu pai, após uma longa batalha contra o câncer. Não à toa a questão da perda, em seus mais diferentes vieses, paira sobre quase todas as histórias. Do término de uma relação amorosa ao fim da inocência, do ocaso de uma velhice solitária à privação maior, quando o corpo afinal se desliga.

O livro saiu originalmente pela Rocco, há pouco mais de dez anos. Esta nova edição, agora pela editora Malê, traz modificações pontuais nos contos. Tais mudanças, vale dizer, tiveram como objetivo deixar a leitura mais fluida e não alteraram a estrutura das tramas.

A reedição conta também com ilustrações especialmente criadas pelo artista plástico Raul Leal. Em sintonia ao tema central da obra, ele produziu os desenhos usando cinzas coletadas em queimadas ao longo do país.

Agradeço a Eugênia Ribas-Vieira e à saudosa Vivian Wyler, que, à frente da Rocco no epílogo daquele ano de 2011, possibilitaram o nascimento do livro. Meu obrigado se estende à Malê, onde me sinto em casa, por mais uma parceria.

Boa leitura.

Marcelo Moutinho

água

Ele entrou no banheiro completamente nu, em um silêncio áspero. Apenas a toalha vermelha pesava sobre os ombros, dando algum colorido às costas envergadas. Conduzi-o até o box, procurando firmar a lenta caminhada em passos estáveis.

Ampará-lo.

Não havia espaço para nós dois. Fiquei do lado de fora; ele, no de dentro. Foi preciso deixar a cortina aberta, mas fiz questão de fechar a porta do banheiro, embora não houvesse mais ninguém no apartamento.

Os azulejos do banheiro suavam, ele mal me olhava. Mantinha a cabeça inclinada para baixo, a nuca parecendo maior, e eu tentava reverberar seu constrangimento em palavras singelas: tá bom assim?, viu a confusão de ontem em Laranjeiras?, sabia que o trânsito tá um nó?, e seu Botafogo?, a gente pode começar?

Girei os registros para temperar a água quente; ele conservava a mudez. Em seguida, molhei a toalha e pedi que se virasse.

Plantou as mãos — imóveis — sobre a parede, como se estivesse sob séria ameaça, como se eu lhe apontasse um revólver, uma faca, algo assim. A cortina, inquieta, tocou meu rosto. Insistia em fechar, ainda que eu a arrastasse cada vez que se soltava e corria no trilho.

Insistia em fechar.

Guiada por mim, a toalha passeou: cabeça, pescoço, tronco, braços, pernas, pé. A toalha molhada explorava o corpo, sugava o suor e a sujeira, acarinhava.

Ele permanecia imóvel, embora as mãos não pudessem deter o tremelique. Não era por causa do frio, e nós dois sabíamos. Eu esfregando a toalha, ele com os olhos cerrados num breu misterioso. Talvez, no fundo de si, lembrasse: "Um dia, há muito tempo, dei banho neste menino".

Girei novamente os registros, troquei a toalha por outra, seca. Pedi que deixasse o box com cuidado para não escorregar e que pisasse no tapete. Escorei-o com uma das mãos. Enquanto enxugava, ouvi-o dizer, bem baixinho, quase num sussurro: obrigado. E tive a impressão de que não há como se sair limpo de um banho desses.

cavalos-marinhos

As caixas amontoadas tomam todo o apartamento: nossas coisas.

Após o fim de semana extenuante de separa, embala, fecha, não há quase mais nada nas estantes — que me olham, cabisbaixas, exprimindo o desamparo da súbita prescindibilidade. Retribuo o olhar.

Uma sala cheia de caixas de papelão só não é mais triste do que uma sala vazia. Se a perspectiva do novo vibra à frente, como uma pista de asfalto a fritar no calor, a gente adivinha uma saudade que ainda não chegou.

Ouço os breves estalos do piso de tábuas corridas que cede à quentura amena do sol vindo da varanda e boto uma ficha na máquina da lembrança. A primeira vez em que entrei nessa sala: amplitude de outro vazio, ainda grávido de promessas. A caixa, também outra, nas mãos dele.

Devolvo a ficha.

— Não vai jogar fora este também? — a frase deixava vazar a mágoa mantida em fogo brando por quase dois anos. Ele se referia ao canudo amarelo que um dia achou no chão da rua, entrelaçou e transformou em flor antes de me entregar, com olhos de meiguice quase infantil. Eu ri, botei a flor no bolso da camisa, mas quando chegamos em casa atirei o canudo sujo e amassado na lixeira. Não, não podia imaginar. Ele guardava alguma ironia na voz ao fazer a pergunta que trazia no lombo a remissão. Preso na sunga, o pequeno saco plástico de onde tirou um cavalo-marinho. Morto.

— Encontrei na praia e lembrei de você.

Não houve tempo para que eu perguntasse por que um cavalo-marinho, com aquele corpo esquálido, feioso, a cabeça alongada e as agulhas em fileira, poderia fazer com que se lembrasse de mim.

— Você sabia que os cavalos-marinhos são os animais mais fiéis do mundo?

Diante de meu ar desnorteado, ele pediu que eu fizesse uma concha com a palma da mão e, delicadamente, colocou o bicho ali.

Vou pro banho — e seguiu, deixando um rastro de areia molhada pela sala.

Quando o conheci, na festa de despedida de uma amiga em comum que iria estudar em Londres, estávamos os dois um pouco bêbados. Eu chegava de outra festa, ele fazia a terceira parada de um périplo pelos bares de Copacabana que cumpria toda semana — um de seus tantos hábitos, descobriria mais tarde.

Logo tomou a atenção da mesa, desfiando uma estranha tese sobre *O mágico de Oz* e analisando, uma a uma, as canções de um disco da Angela Ro Ro. Não lembro qual era a relação, nem mesmo se havia alguma, entre o filme e as músicas da Ro Ro, mas o modo como ele falava, a verve sem pose, o flerte natural com as palavras que preenchiam o bar como balões vermelhos, rapidamente me enredaram. E eu cedi. Nosso primeiro encontro, apenas alguns dias depois, se deu no mesmo bar. Ideia dele.

Aqui e agora nós dois estabelecemos nosso mito fundador — disse, erguendo a tulipa de chope.

Estranhei a súbita solenidade, mas confesso que achei original, charmoso, aquele ato. Ainda não conhecíamos, então, a calidez (depois íntima) dos nossos hálitos, a arquitetura dos corpos (depois percorrida). Não havíamos desfolhado as idiossincrasias. Tudo era ainda entusiasmo e pedra bruta. E fomos adiante.

As caixas tomam todo o apartamento: as coisas dele. No canto esquerdo da sala, sobre uma das caixas — a menor —, o cavalo-marinho, já ressecado e endurecido, parece dormir.

Quando organizei tudo para a mudança, não soube onde colocá-lo. Cogitei a caixa onde estão as cartas, que ele escrevia vigorosamente e à mão, mesmo em tempos virtuais. Pensei em juntá-lo aos bonequinhos de super-heróis da coleção feita desde a adolescência. Ou armazená-lo entre o que ele chamava de "diversos".

Mas, no fundo, sabia que o cavalo-marinho era meu. Nosso.

DIVERSOS
Lista dos filmes vistos em julho:
Amarcord – A sequência do navio continua sendo do caralho. No fundo, Fellini é um palhaço triste.
A testemunha – Bom policial, Ford canastra toda vida, mas a trama sustenta.
A Era do Gelo – Bacaninha. Ou seria pueril demais?
A mulher do lado – Fanny é deslumbrante, e Truffaut me conhece como ninguém.
Asas do desejo – Quero ser anjo.

Ainda:
Uma embalagem antiga de cigarro.
Hemograma completo.
Cópias da carteira de identidade, do CPF e do passaporte.
Carteira da academia de ginástica, vencida.
Duas fotos 3x4.

Um guardanapo com anotação feita à caneta: "Ar em dívida".

Sim, ele anotava frases em guardanapos, embora nunca fizesse uso delas. E mantinha os guardanapos, cheios de gordura e manchas de bebida, nas gavetas do armário que ganhou da avó ainda menino. Ao lado de folhetos turísticos sobre Cuba, apostilas sobre Astrologia, recortes de jornal, broches do movimento ecológico, cadernetas e boletins do colégio, trabalhos da faculdade, cartinhas de antigos amores, óculos e relógios que nunca mais usaria. Quando certa vez lhe perguntei por que acumulava tantos objetos sem serventia, respondeu, fingindo irritação:

— São a minha máquina da lembrança. Deixa ela em paz.

Cavalos-marinhos são promíscuos, diz estudo

Um estudo conjunto realizado por 15 aquários de vida marinha do Reino Unido demonstrou que os cavalos-marinhos não são monogâmicos. A tese derruba o mito da fidelidade existente entre a espécie e, muitas vezes, indica promiscuidade e comportamentos homossexuais em determinados grupos. Os resultados foram obtidos após 3.168 registros de acasalamentos de três espécies da Austrália, Caribe e Reino Unido. No total, 1.986 "contatos" entre machos e fêmeas, 836 entre fêmeas e 346 entre machos foram computados. Até este estudo, muitos biólogos acreditavam que os cavalos-marinhos eram monogâmicos. A espécie é uma das únicas na qual os machos carregam os ovos na barriga. Para surpresa dos pesquisadores, cavalos-marinhos chegaram a ser vistos flertando com mais de 25 parceiros em apenas um dia. A espécie australiana é a mais promíscua. Um exemplar chegou a copular com fêmeas e machos várias vezes no mesmo dia. Das três espécies estudadas, apenas o cavalo-marinho britânico se manteve fiel ao seu parceiro.

Nunca contei sobre a notícia em que esbarrei numa tarde vagabunda, navegando pela internet sem grandes intenções a não ser ler os jornais do dia. Ele poderia entender mal. Morávamos juntos já havia quase quatro anos. Desde a noite no bar em Copacabana, os encontros se sucederam e as ânsias de parte a parte foram içando curiosidades e esperanças que se cruzavam até enfim se fundir no clichê da atração dos opostos. Ah, você é de Escorpião. Ascendente em Peixes. Sou de Libra, mas não sei o ascendente. Adora Truffaut? Gosto de Spielberg. Cinema. TV. Clarice. Graciliano. Academia. Ioga. Lisboa. Cidade do Cabo. Você. Você.

Preferi manter o pacto secreto e silencioso que fizéramos, ainda que não tenha assentido, ou sequer me manifestado, no dia em que ele chegou da praia com o cavalo-marinho ridiculamente pendurado na sunga. E ainda que odiasse aquele cavalo-marinho a cada cisco de desconfiança, a cada celular desligado, a cada.

Até porque traçáramos planos, muitos planos.
Ir a Cuba no verão.
Ver o pôr do sol em Varadero.
Fazer um curso de Astrologia.
Ler um livro a dois.
Transar a três.

As caixas tomam todo o apartamento: minhas coisas.
    Me ocorre agora que não houve tempo para adeus, nenhum rito capaz de dramatizar, em gestos, a partida. As cigarras não anunciaram a chuva. É possível que em alguns anos fique apenas a imagem dele; a voz de quem se vai sempre desaparece mesmo. Talvez as piadas privadas, os fracassos forjados na cumplicidade, o inventário dos afetos trocados sem noção de urgência. Nesse hiato entre o que foi e o que virá, despeço-me das caixas — não é a derradeira despedida, espero. Me aproximo da menor delas e pego o cavalo-marinho. Seguro-o com cuidado para que o corpo não se quebre. Saio do apartamento, fecho a porta e chamo o elevador. Três andares, e a portaria.
    — Seu Zé, vou até a praia. Quando o caminhão chegar, por favor, pede pra me avisarem, tá?
    A praia não fica longe, dois quarteirões que percorro sob um sol destoante.
    Ao pisar na areia, espanto um grupo de pombos, que correm desajeitados com seus arrulhos. Alguns garo-

tos fumam um baseado próximo à rede de vôlei, mas não há muita gente, apesar do calor.

Me sento perto dos garotos, o cavalo-marinho nas mãos, e fixo os olhos na linha do horizonte que liga as ilhas, enganando a solidão. O mar corre agitado de sul para leste, ao sabor do vento. Parece tremer, como se reprimisse um medo não dito de engolir tudo, a todos nós. Uma virtude natural. Penso que aquele cavalo-marinho já nadou ali (será que teve medo?). No dia em que ele esbarrou no bicho morto e lembrou de mim.

Penso na expressão larga do rosto dele ao retirar o cavalo-marinho do saco plástico e pousá-lo nas minhas mãos em concha. No alarido das primeiras trepadas, no limbo furta-cor das zangas excessivas. Penso, mesmo não querendo pensar, até que o Marquinhos, filho de Seu Zé, toca as minhas costas e diz, ofegante:

— Meu pai mandou avisar que o caminhão de mudança chegou.

Agradeço, falo que ele já pode ir, que já vou, e caminho até a beira d'água a fim de molhar os pés. Agora é descer todas aquelas caixas, carregá-las comigo. "Minha máquina da lembrança" — ao recordar a frase, esboço o sorriso possível. Levo as mãos até o mar e devagar, bem devagar, solto o cavalo-marinho, que começa a deslizar sobre as ondas salgadas, dançando no ritmo intenso da maré, distanciando-se da margem, ficando cada vez menor. Simplesmente indo.

interlúdio

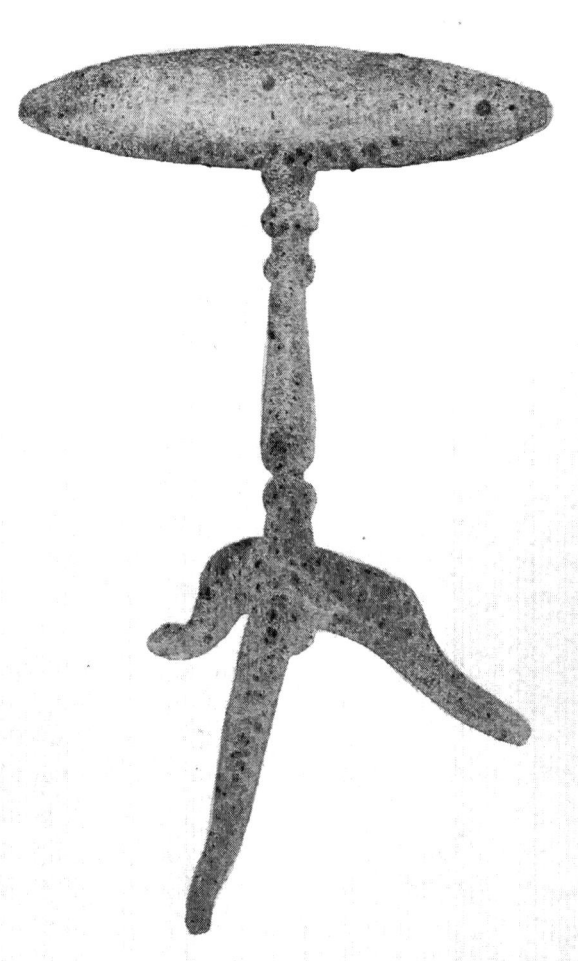

NA MESINHA, próximo à imagem de Santo Expedito, o telefone a desafiava em silêncio. Dalva revezava a vista entre o aparelho e a tela da TV, enquanto a novela lançava suas luzes na sala escurecida pelos móveis de fórmica marrom. Os olhos se detinham ora na tela, ora no telefone e, embora indecisos, tentavam se manter firmes sobre as bolsas inchadas do rosto. Permanecer abertos, apesar do sono, era questão de honra. Ela pousava os pés sobre uma almofada puída, ainda mais esturricada pela sujeira do chão, e apertava com os dedos a xícara de louça inglesa, que vibrava, inquieta, em contraste com o ritmo seguro da cadeira de balanço. Os movimentos para frente e para trás ninavam seu nervosismo enquanto o chá-preto era bebido em goles curtos e lentos.

Na sala, apenas ela. O irmão fora dormir logo após o jornal, desejando o boa-noite de sempre e deixando-lhe um beijo leve na face. Quero ver um pouco da novela, descansei à tarde, daqui a pouco também vou, uma dessas frases saiu de seus lábios naturalmente, como um bocejo, esboçando a desculpa e precedendo o até amanhã.

O telefone permanecia fixo à mesinha, numa quietude sádica, enquanto ela tentava vender a si mesma alguma tranquilidade. A cada vez que os comerciais davam trégua, ajeitava os óculos com a ponta dos dedos para então fitar novamente a tela da TV, mendigando um motivo qualquer que a fizesse desviar a atenção do aparelho.

Fracassava. Ainda que resistisse, acabava por espiar de soslaio, traindo a vontade de tomá-lo com a força que já não tinha, de enfiar os dedos em seus pequenos círculos e girá-los por oito vezes, no aguardo da cadência perfeitamente harmônica dos sinais. Mas o receio de ouvir os sons se repetirem sem a trivial interrupção de uma voz, como se não fosse mais escutá-la e o silêncio se impusesse na repetição do tom-tom-tom-tom-tom, fazia com que se mantivesse atada à cadeira de balanço.

Ademais, Dalva prometera a si mesma que aprenderia a esperar. Já tens idade para isso. Não és mais nenhuma garota, olha a pressão alta, a voz do irmão ecoava, num sussurro que acionava o breque: antecipar-se, fazendo a ligação, seria assinar o atestado de derrota para aquele telefone.

Quando a novela terminou, o sono já bafejava as pálpebras. Questão de honra, mas o corpo começava a vencer. Levantou-se da cadeira, não sem antes esgueirar o aparelho, levou o bule e a xícara até a cozinha, onde refrescou os olhos com a água da pia. Na volta, trocou de canal. Um debate sobre futebol. A reprise de um filme com o Paul Newman — como continua bonito, ele. Um debate sobre as eleições. O homem que vende tapetes persas. E o telefone tocou.

A campainha ainda não havia soado pela segunda vez: ela agarrou o aparelho e colou-o ao ouvido direito.

Alô? A Márcia está?

Não tem ninguém aqui com esse nome.

Dalva colocou o telefone de novo no gancho e conferiu o relógio que ficava no alto, preso à parede. Onze e trinta e oito. Àquela hora, certamente não telefonaria mais. Desligou a TV e foi para o quarto.

Já deitada sobre a cama e coberta pela grossa colcha de crochê, cogitou se não deveria ter insistido mais um pouco, uns minutos que fossem, talvez um pequeno atraso, às vezes acontece. Mas já era tarde, quase meia-noite. Então ajeitou a cabeça no travesseiro, fechou os olhos e, na mais completa escuridão, sussurrou dez pai-nossos, dez ave-marias, dez santo-anjos, rogando por sonhos brandos e esquecimento.

jogo-contra

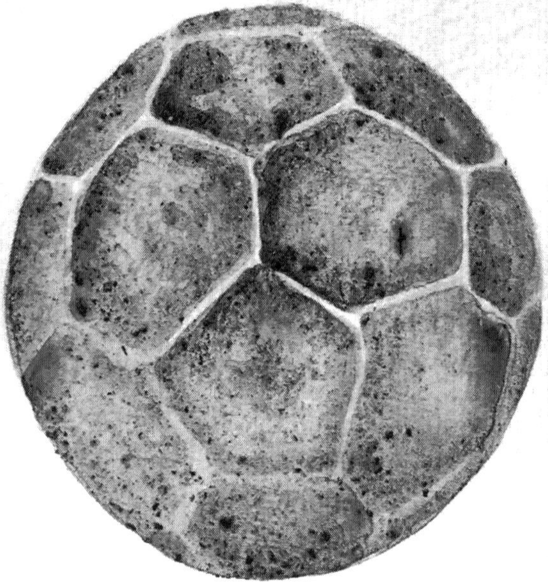

1. PRIMEIRO JOGO

Tinha acabado de chegar do colégio quando Naldinho chamou pelo interfone: "Tá marcado, sábado, às onze". "Contra quem? Onde? E as camisas?", eu mastigava as palavras com a afobação das estreias, e Naldinho respondeu que sim, tudo em cima com as camisas, o seu José tinha garantido, a gente iria enfrentar o Estrela no campinho da rua Dois, que era lugar neutro.

Aquele seria o primeiro jogo-contra do time do prédio e quase não almocei de tão nervoso. "Que foi? Tá sem fome? Tem bolo de batata", as interrogações da mãe ecoavam pelos cômodos da casa, mas não consegui dar sequer um balbucio e voei para o quarto. Era necessário me concentrar. Depois soube que, além de mim, o time formaria com Zezin no gol, Magrão e Rodrigo Pelo na zaga. Naldinho vestiria a dez.

— Fica paradão na frente. Você tá pesado e lá pelo menos pode segurar a defesa deles — ele me orientou à moda de um técnico, e pouco importava, eu queria era jogar.

Nos dois dias seguintes, o tempo se esticou como se, nas horas, pudessem caber mais do que sessenta minutos. Almocei, dormi, estudei, conversei e jantei o jogo, repassando os dribles e chutes que me dariam um brilho inédito diante dele.

No sábado, às dez, já estava no campinho. Fui só. Embora quisesse muito levá-lo, no fundo temia uma derrota. Mais: temia que os quilos que me rodeavam a cintura, cobrindo a vergonha, me fizessem voltar para casa como o principal culpado do fracasso. Outro fracasso.

Antes de o jogo começar, Naldinho reuniu nosso grupo no centro do campo e decretou:

— Sem medo, porra!

Mas eu estava com medo.

No equilibrado primeiro tempo, foi ele, Naldinho, o melhor em campo. Mas a bola chegou pouco ao ataque. Durante o intervalo, Naldinho disse que a gente devia tentar chutes de longe. Estava certo. Faltavam seis minutos para o fim quando ele arrematou de perna direita, lá da intermediária. O goleiro do Estrela defendeu, mas soltou a bola, que sobrou à minha frente, limpa. Bati firme. Já no chão, soterrado pela algazarra dos outros, só pensava em chegar em casa e contar:

— Pai, fiz o gol! O gol da vitória, pai.

2. REVANCHE

Ainda não sabia, então, que a tragédia se disfarça, ardilosa, é no interior do otimismo.

— Meu artilheiro, os caras querem dar o troco. Vamos lá arrebentar com eles — e a certeza de Naldinho me tomou de tal forma que vesti a coragem e chamei o pai para assistir à revanche.

A partida aconteceu noutro sábado daquele mês de julho, e o pai me levou de carro.

— Depois, o caldo de cana é por minha conta — ele anunciou, enquanto vestíamos os meiões.

— E o pastel? — Naldinho fez troça, e o pai sorriu largo.

— Se ele fizer um gol para mim, tem pastel.

Um gol para o pai, pensei, e pisei o campo com o pé esquerdo, o bom. Mas o Estrela parecia outro time naquele dia. Terminado o primeiro tempo, perdíamos por dois a zero. Naldinho tentava, mas as jogadas não saíam. Para piorar, na volta do intervalo, começou a chover forte e o Rodrigo Pelo, com o tornozelo torcido, deixou o campo.

Chamamos o Tininho — irmão caçula do Magrão — para completar a equipe. E o inesperado aconteceu: foi justamente ele que, numa jogada meio sem querer, acabou marcando nosso único gol.

Chegamos a ter a chance do empate, no minuto final. Ao receber o lançamento em diagonal, em passe do Naldinho, fiquei a sós com o goleiro, preparei a bomba e chutei, com a vontade de quem quer ganhar o jogo e a confiança do pai. Mas a bola não entrou.

Pior: subiu, ultrapassou o muro que circundava o terreno baldio e, com o peso do couro molhado misturado ao barro, explodiu na porta de vidro de um dos prédios que margeavam o campinho. O barulho foi tamanho que os moradores do edifício saíram às varandas.

Quando os outros jogadores perceberam que a porta se quebrara, começou a correria. Só ficamos eu e o pai.

— Eu banco o prejuízo.

Ele me pegou pela mão, pediu que entrasse no carro e dirigiu em silêncio até em casa. No banco de trás, eu ruminava a tristeza trincando os dentes.

3. MELHOR DE TRÊS

Mais de um mês se passou até que os moradores autorizassem novo jogo no campinho.

— Tudo liberado. O pessoal do Estrela já topou — e

Naldinho acrescentou que, em homenagem ao benfeitor da nova porta, o jogo seria no domingo, Dia dos Pais.

— Meu pai não gosta dessas coisas, ele é tímido, não quer mais confusão — eu tentava guardar, naquele murmúrio, meu desgosto com o tributo inesperado. E se alguém se machucar? E se a gente estragar outra coisa? E se a gente perder? E se eu errar na hora agá? E se Naldinho?

De início, pensei em não revelar nada ao pai. Naldinho, porém, bateu lá em casa e noticiou com alarde a homenagem.

O pai agradeceu protocolarmente e só não estranhei porque pude vislumbrar, naquela formalidade inesperada, um ato solidário. Concluí que a vitória na melhor de três seria o seu presente.

No grande dia, ele parecia mais apreensivo que eu e desde a manhã limitou-se a frases curtas: "Descansou bem?", "Se alimentou direito?", "Tá levando água?". Fomos todos juntos para o campinho. À espera do apito do juiz, eu, Naldinho, Rodrigo Pelo, Magrão e Zezin nos reunimos e berramos o nome do time três vezes. Aquele era o nosso dia, tinha de ser.

O jogo começou duro. Ao fim de meia hora, o placar indicava um a um, gol de falta do Naldinho.

No segundo tempo, tivemos mais chances. Duas bolas na trave, ambas de Naldinho. Nosso time dominava. Mas acabou esquecendo da retaguarda e, num contra-ataque, o zagueiro do Estrela tomou a bola e deu um passe longo em direção ao camisa nove. Rodrigo Pelo ainda tentou um carrinho para prensar um chute. Não teve jeito: gol do Estrela.

Saímos de campo cabisbaixos. O pai me laçou com o braço direito e pôs a mão sobre meu cabelo.

Fomos todos juntos para o campinho.

— Vocês jogaram bem — e ele me mantinha junto ao corpo, como quem dissesse: "Estou feliz mesmo que vocês tenham perdido. Que legal o pessoal fazer o jogo num dia como hoje", enquanto andávamos lentamente em direção ao carro, estacionado numa travessa vizinha.

Seguimos sem dizer nada. Com os olhos voltados para o chão, eu redesenhava os contornos da calçada, ignorando o que pudesse vir: o almoço que a mãe preparara para a nossa chegada, as perguntas, o vazio da casa reverberando o meu vazio. Foi quando o pai escorregou os dedos até minha nuca e girou levemente minha cabeça para a direita: a nova porta do prédio.

Num fragmento de instante, nossos olhares se tocaram no reflexo do vidro recém-comprado.

— Você está maior, filho. Quase do meu tamanho — ele interrompeu a caminhada.

Eu não achava. Minha altura parecia a mesma. Pude sentir, porém, que algo de fato mudara em mim, embora não soubesse definir exatamente o quê. Algo que mais tarde, já sob a sombra de um corpo de homem, ganhou absoluta limpidez: na imagem baça daquele vidro, o pai começara irremediavelmente a desaparecer.

folia

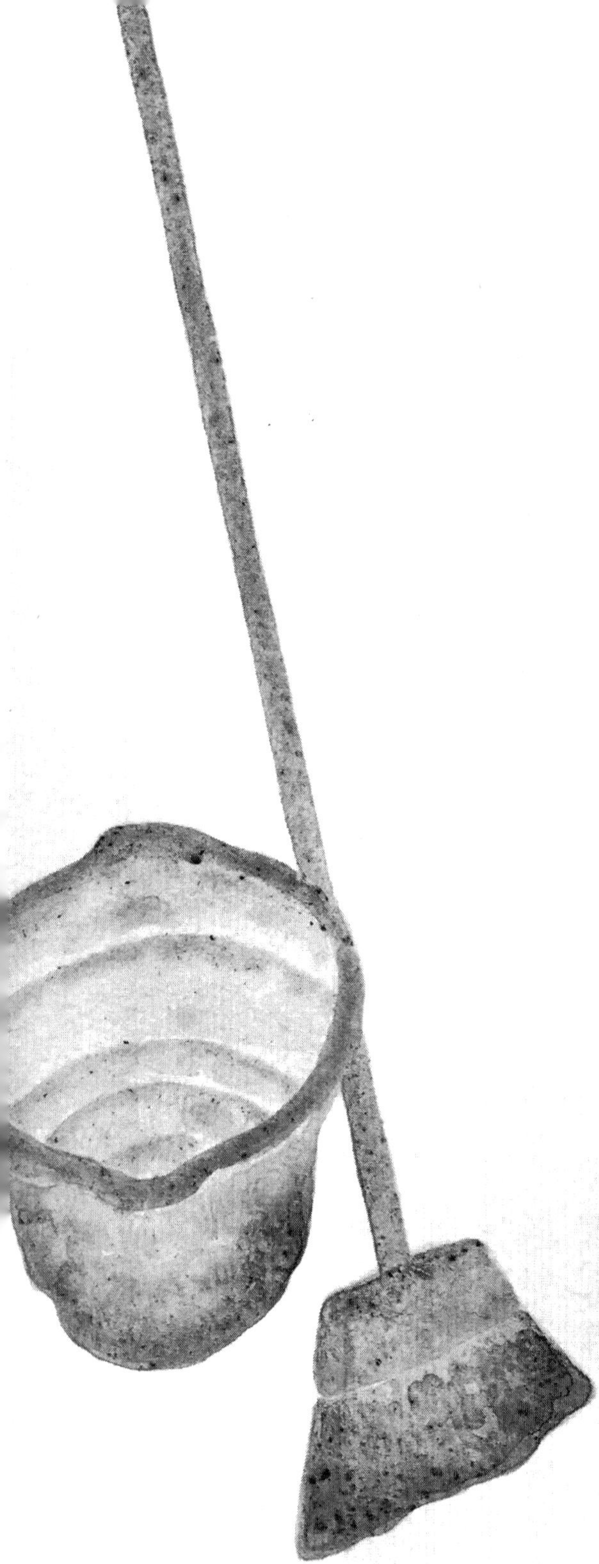

Bermuda cinza, camisa da mesma cor. Passado a ferro desde o meio da tarde e estendido sobre a cama, o uniforme indica uma falsa urgência. Somente às onze Silas precisaria estar na quadra para varrer o chão, limpar as mesas, as cadeiras, esfregar as pias, as privadas, os mictórios. Em resumo: preparar o ambiente para as pessoas que, por um ou dois trocados, passariam ali a madrugada.

Todo sábado ele procedia da mesma maneira. Acordava, encomendava a quentinha por telefone, saía para comprar o jornal e os cigarros. De volta para casa, lia as notícias do dia, dava comida ao cachorro e então se dedicava a passar, com esmero, o uniforme. Chegar à quadra com a blusa ou a bermuda amarrotada significaria desleixo — e Silas aceitava ser chamado de qualquer coisa, menos de desleixado. Herdara esse cuidado do pai, militar. E se orgulhava do legado, que não pôde passar aos filhos. Áurea nunca quis filhos.

Ele, sim. Mas não insistiu. Brigar com Áurea era arrumar problema para além da vida íntima. E se a relação se arranhava em casa, atravancava também as noites de ensaio. Mestre-sala sem porta-bandeira. Ou porta-bandeira sem sorriso, na valsa de filigranas de todo casal.

Antes, quem passava as roupas era ela. A casa era ela.

O ferro de passar: Áurea. A samambaia pendurada no quintal: Áurea. A cortina da sala: Áurea. A cama de casal: Áurea.

E, no entanto, aprendera a respirar no vácuo da ausência que ficou.

À medida que a tarde se esvaía, inflava-se nele uma estranha ansiedade. Já na partida de porrinha que acontecia religiosamente às cinco, ao lado da banca do jogo do bicho, Silas começava a conferir o relógio.

De lona, pediu catorze, Mário cravou o dezesseis e levou. Na sequência, foi com dois e tentou o dezesseis. Deu quinze. Olhou de novo para o pulso esquerdo, a mão estava ruim e havia o banho às oito, antes do Jornal Nacional. Boa-noite para o senhor também, ele respondeu ao apresentador. Uma passada rápida na novela, o sanduíche — sopa de pacote, se o tempo estiver frio —, e era hora de enfrentar o espelho do guarda-roupa.

Antes de vestir o uniforme, passou um pouco de talco antisséptico nos sovacos. O próximo passo: umedecer o pescoço com a loção e, munido de um pequeno pente, ajeitar o bigode, já quase tomado pelo branco.

A lentidão com que conduzia cada ato tentava dissimular a aflição de querer chegar logo ao trabalho. Ainda que, por vezes, a partida rumo à quadra lhe fosse doída. Deixar a casa, Áurea, sozinha. Envenenar-se na saudade que dorme nos olhos de uma dona qualquer que também já foi moça. Ver a bandeira em outras mãos — e achar bonito.

Fica com Deus, Áurea, e Silas perscrutou mais uma vez aquela sala, que guarda todas as idades dela.

O trajeto até a quadra seria feito a pé, como de hábito. O fato de morar há muitos anos no bairro lhe garantia alguma segurança, e o médico recomendara exercícios. Caminhar, para evitar varizes. Fortalecer os ossos. Sentir o sangue circulando, fingindo a posse sobre o próprio corpo. Compassar o coração. Respirar.

Então o portão, e a rua. Ao caminhar frente às portas fechadas das lojas, ele vencia a escuridão na trilha dos halos que luziam no alto dos postes. As ruas vazias guardavam as sobras da tarde: o bêbado à espera do ônibus, a placa vendendo hambúrguer mais refresco por um e cinquenta, o orelhão sem telefone, dois mendigos dormindo abraçados — o amor envolto em roupas imundas e páginas de jornal.

A quadra ficava ao final da avenida. Quando Silas enfim chegou, havia no local apenas o administrador-geral e os bilheteiros, além dos colegas da equipe de limpeza. A expectativa era de pouca gente mesmo. Primeiro ensaio do ano, o samba ainda em banho-maria, as pessoas um tanto alheias ao Carnaval, que só aconteceria dali a alguns meses.

A tarefa inicial: tirar o pó dos camarotes do andar superior e das mesas e cadeiras que ficam na parte debaixo. Simples. Ao menos mais simples do que o setor dos banheiros.

Nas mesas e cadeiras, o serviço se limitava à limpeza prévia. Já os banheiros exigiam manutenção constante — e, conforme a madrugada avançava, aumentava a sujeira. A urina transbordava dos mictórios, das privadas.

Silas despejou água com creolina sobre o piso e, agarrado ao rodo, espalhou o caldo azedo de modo a tornar o banheiro novamente habitável. Primeiro o lado esquerdo, na devida reverência à superstição. Prosseguindo, puxou o líquido dos cantos para o centro, onde se formou uma pequena poça. Já se acostumou ao cheiro forte da mistura. E chega a rir ao lembrar que nunca se dispusera a ajudar Áurea a limpar sequer um cômodo da casa. Homem que é homem não esfrega privada, repetia.

Ao passo que a manhã se aproximava, o senso de obrigação começou a competir com a fadiga. A coluna, arqueada, cedia ao prazo de validade vencido, e Silas amparou no rodo o peso da fraqueza.

Ainda havia alguns grupos na parte central, mas a quadra também confessava seu cansaço — copos de plástico pelos cantos, latas de cerveja amassadas, a solitária pluma verde esquecida sobre uma das mesas.

Dez minutos de intervalo para a bateria, informou o locutor. Silas aproveitou para comprar um guaraná. Haveria a derradeira sessão de limpeza, mas era aconselhável esperar o retorno dos ritmistas: as pessoas aproveitavam a parada do batuque para ir ao banheiro.

— O de sempre, Seu Silas?

— Sem gelo, por gentileza.

Tomou calmamente o refrigerante e aguardou o reinício da música sentado em uma cadeira ao lado do bar. Um filete de suor escorreu do rosto, ele secou com o dorso da mão direita. Sentir o sangue circulando. Compassar o coração. Respirar. Quando os alto-falantes anunciaram o set de encerramento, os instrumentistas e o puxador já estavam a postos; os passistas, enfileirados; a porta-bandeira, pronta para a dança. Silas se levantou e começou a se mover na direção do banheiro.

No palco, o estandarte da escola se deslocava nos meneios delicados das mãos da menina. A face pequenina, espremida entre o chapéu e a fantasia, movimentava-se de um lado a outro, no contrabalanço do corpo — como é possível aguentar tanto peso, Áurea?

Ao entrar no banheiro, Silas aguou o pano no balde por duas vezes e pousou-o novamente no chão. Pôde ouvir, ao longe, os acordes do cavaquinho, o rufar da bateria, a voz do puxador.

Esse refrão... e um mestre-sala girava lembranças dentro dele.

Esse refrão...

E continuou seu trabalho com o rodo, mexendo os ombros no ritmo do samba, enquanto empurrava ralo abaixo aquele misto de mijo e desinfetante.

um cartão para Joana

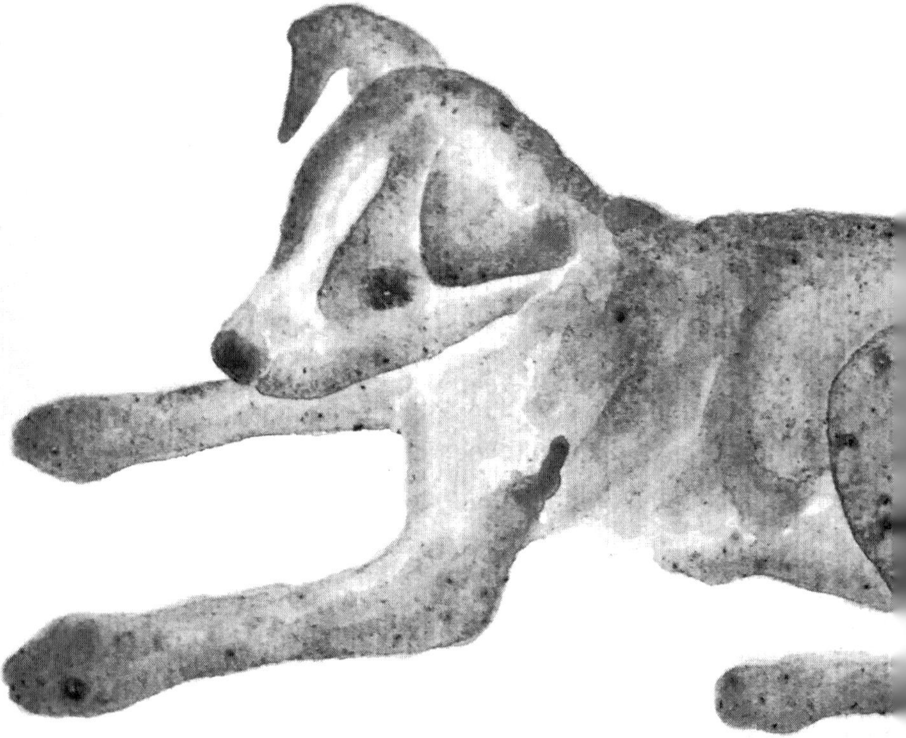

No princípio, bastavam termos como Feliz Natal, Boas-Festas, Próspero Ano-Novo, e estava resolvido. Com o tempo, a exigência cresceu: passou a ser necessário espremer a imaginação até escapulir algo menos banal. A premissa: palavras doces, suaves, poéticas.

Passei então a frases mais longas: "Que os anjos o iluminem na noite natalina"; "Um ano-novo fulgurante de paz, amor e felicidade"; "Natal é tempo de benevolência, generosidade e perdão"; "Que o menino Jesus esteja presente em seu lar".

Às vezes, dá vontade de arriscar uma traquinagem qualquer, bagunçar o presépio, lembrar que nem todo mundo é filho de Papai Noel. Desisto por saber que de nada adiantaria. A supervisão não aprovaria o cartão.

Eles são rigorosos, leem tudo, catam os mínimos erros de gramática, qualquer coisa que extrapole os objetivos da empresa: palavras doces, suaves, poéticas.

Ao contrário do que as pessoas pensam, dezembro não é um mês tranquilo para tipos como eu. Por mais que me adiante e consiga entregar todas as mensagens solicitadas, sempre há tarefas novas, textos a fazer. "Todo mundo fica mais carinhoso nessa época", me diz o chefe. As vendas vão bem, a empresa não paga assim tão mal e o resultado é que a carga horária dobra. A gente dá expediente até no dia 24.

Dezembro é uma farpa no correr do ano. Festas de confraternização, caixinhas de Natal, trenós, bolas vermelhas, neve de algodão, ruas iluminadas, apreços compulsórios, tudo parece uma extensão do meu trabalho: um colorido e sorridente cartão de dois reais. É como se eu escrevesse uma mesma história, pincelasse o mesmo desenho.

Joana não entende por que não gosto desse período. Ela se apraz em montar a árvore com antecedência, enche a casa de enfeites, projeta a ceia quase um mês antes. Joana gosta dos meus cartões.

— Você cria frases lindas. Como é que pode não se emocionar? Que coração gelado — indaga e protesta, falando que Natal é tempo de renascimento, que todos nós renascemos com Jesus Cristo e nos salvamos com Ele.

Talvez o Natal seja isso mesmo, e eu não perceba. Joana sempre foi mais sensível. Ontem, antes da ceia, só conseguia pensar nela, enquanto guiava o carro rumo à nossa casa, vendo a cidade no lusco-fusco das pequenas lâmpadas que se acendiam em contraste com a tarde que ia dormir. Ao acelerar, imaginava meus cartões nos bolsos e nas bolsas daqueles por quem passava; visualizava os contornos, brilhos e frases guardando a felicidade que um deseja ao outro — ou, sem desejar, o finge.

A cada sinal vermelho do trajeto, a multidão de dezembro atravessava à minha frente como uma cortina que se move, ligeira, tampando a visão. E eu só via Joana. Os cabelos presos no rabo de cavalo, os seios escapando pelo vão do vestido. Em frente ao fogão, conferindo o ponto do pernil, enquanto frita as rabanadas. Aguardando o vinho tinto, o pão fresco, algumas frutas que eu carregava. De banho tomado, cheirando a alfazema. À minha espera.

Na pasta, levava um cartão para ela. Entre os 116 modelos que criamos na empresa, escolhi o de número 87-A. É aquele que tem purpurina na capa. Foi o mais elogiado pelos chefes, um dos mais vendidos. Traz estampado algo simples: "Muita paz e alegria em suas festas natalinas". Uma frase fisgada no coletivo de muitas outras. Junção de letras enfileiradas: doces, suaves, poéticas.

No interior do cartão, escrevi "Eu te amo". É fácil escrever eu te amo, ou dizê-lo, depois da primeira vez.

Se eu amo mesmo Joana? Sim. Ou melhor, acho que sim. É fundamental dizer que sim, de qualquer modo. Ela também diz que me ama, e que quer um filho. "Vamos fazer na noite de Natal. E vai ser João, como o meu pai, e o meu avô."

Quando contei o desejo de Joana ao meu chefe, há uns meses, ele se animou. Adiantou que, assim que ela estivesse grávida, iria me transferir para o departamento de cartões de congratulações a pais recentes. "Precisamos muito de gente nessa área, que requer experiência. É trabalho para funcionário graduado."

Nunca pensei detidamente na ideia de ter um filho, muito menos em escrever cartões que os principais interessados — os bebês — não vão ler. É biológico: os homens não têm a pressa das mulheres. Tampouco acredito, ao contrário do chefe, que é imprescindível ser pai para cumprir a função de redigir esse tipo de texto.

"O milagre do nascimento é um tesouro único. Felicidades!", "Cada bebê traz consigo uma nova bênção ao mundo.", "Um bebê muito pequeno pode fazer cumprir os maiores sonhos." "Muita saúde para toda a família!"

Em poucos minutos, estacionado na frente de casa, criei quatro mensagens. Seriam aprovadas, aposto.

Mas logo entrei. Joana acabara de colocar a mesa, com nozes, avelãs, castanhas, nêsperas, arroz, farofa, presunto, salada de maionese, o peru assado ao centro. Os guardanapos, em vermelho e branco, com desenhos de árvores e renas, foram especialmente comprados. Abracei Joana, falei que estava tudo lindo, que ela havia caprichado, e fui para o banho.

Não me demorei. Jantamos, tomamos o vinho, trocamos beijos, presentes, afagos. Assim que terminamos de comer, entreguei o cartão de Natal com o "Eu te amo" rabiscado à caneta. Ela falou que era muito bonito. Então sentamos no sofá da sala para ver a festa na TV. Flashes da missa, o especial da Globo, o anúncio de panetone. As palavras ficaram ocas, e eu não disse nada.

Apenas aninhei a cabeça em seu colo, o corpo esticado no sofá, à espera do sono, enquanto ela olhava a televisão e cosia uma minúscula meia de lã azul. Nas linhas de sombras projetadas sobre meu rosto, era capaz de adivinhar o frêmito das agulhas, cada ínfimo movimento. As mãos se cruzavam, delicadas, costurando o abismo que já não posso preencher.

céu

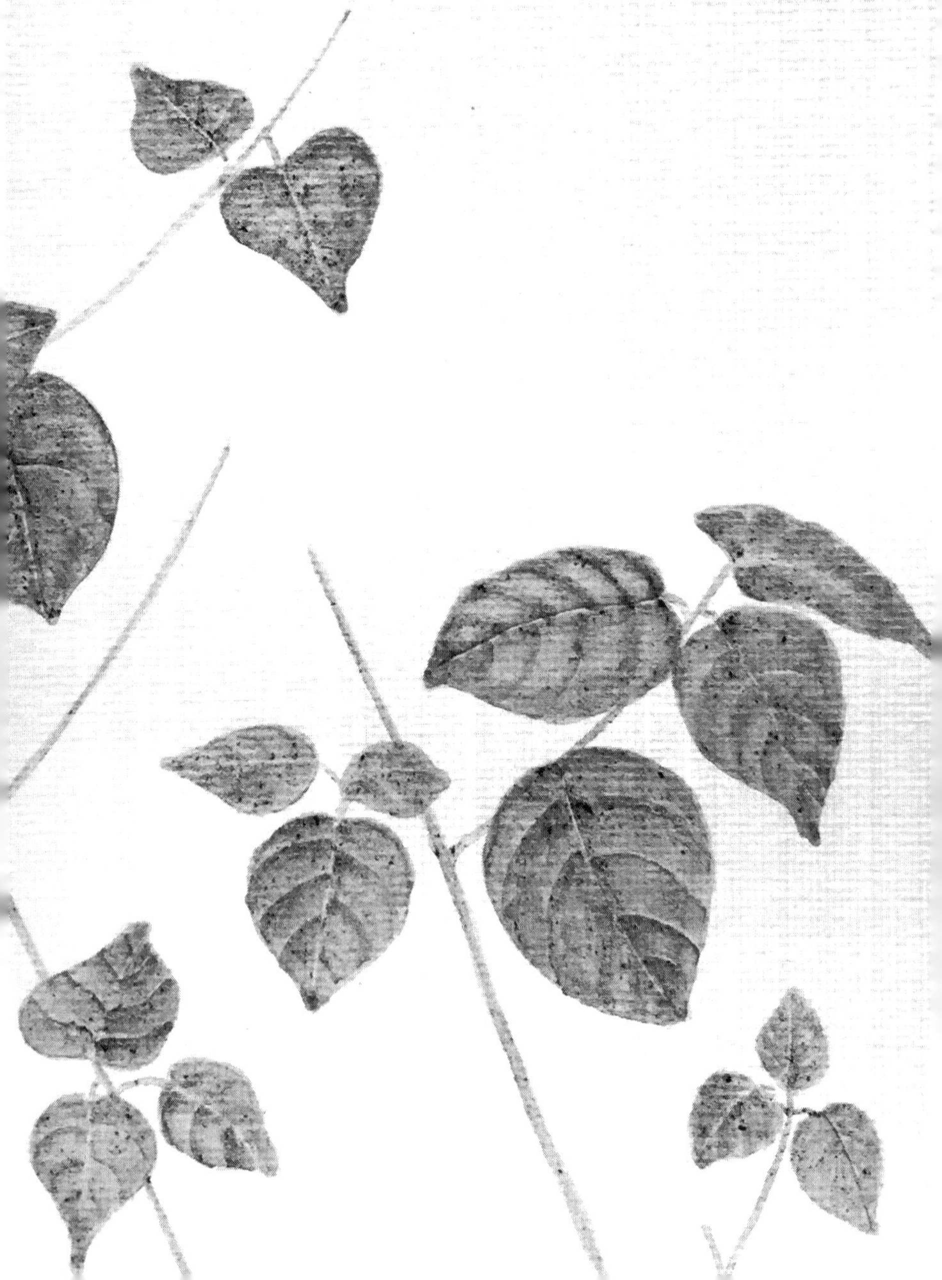

Um céu alaranjado cobria a praça quando ele a atravessou em direção à Associação de Moradores. Na entrada do sobrado, a fila tinha menos gente do que o habitual. À frente, Betinha. Depois dela, a sobrinha de Dona Edite, cujo telefone havia quebrado fazia mais de vinte dias — nada de a empresa aparecer. Os outros, todos desconhecidos, somavam oito ou nove. E ele devia estar na cabine às três da tarde em ponto. Foi o que combinara com a tia.

— Vai para a Associação que às quinze eu te ligo. Mas é para estar lá às quinze, porque aquela cabine é um inferno de gente.

Cidão assentiu, rindo da velha mania que ela mantinha de dizer as horas com os números inteiros.

— Às três, né? — ele provocou, mas a tia não respondeu.

Ela era assim mesmo: usava palavras diferentes, falava uma língua à moda antiga e não gostava quando Cidão debochava dela, embora ele o fizesse desde pequeno. Lembrava-se perfeitamente da primeira vez. Moravam juntos havia pouco tempo. A mãe acabara de partir, o garoto magricelo berrando sua carência num silêncio que se prolongava por dias, e ela o chamou para o lanche.

— Tem ananás! — anunciou, com o tom da voz deixando escorrer o entusiasmo.

— Anananinanásnão! — ele gritou de volta, e se pôs a correr em torno da mesa que ocupava o centro do cômodo único da casa. O tapa da tia o freou.

Naquele dia, ela disse que Cidão não devia agir mais como moleque. Ele, no entanto, voltou a agir — e tantas vezes que o adjetivo virou substantivo, até se transformar de vez em apelido.

Moleque saiu de casa quarenta minutos antes, mas acabou chegando à Associação em cima da hora, por conta da parada na birosca do Seu Oscar. Papo de futebol, papo sobre mulher, um intervalo no sol poente. O problema era que, caso não estivesse no horário correto em frente ao telefone, não teria como se comunicar. O celular dormia na assistência técnica desde a semana anterior, WhatsApp ainda não existia e ninguém emprestava o aparelho quando era interurbano, ainda mais para um recém-chegado na área. Ele precisava confirmar que iria mesmo à festa de aniversário. Os setenta anos da tia.

— Ô Betinha, anda com isso — e a moça olhou de esguelha, mexendo a cabeça para um lado e para o outro, em sinal de reprovação. — Porra, Betinha, não atrasa o meu lado — ele ralhou, com uma estridência um tanto insólita para alguém que não podia chamar a atenção.

Betinha não atrasou. Desligou logo em seguida. Para sorte de Cidão, dois desistiram e os demais não se demoraram.

Às duas e cinquenta e oito, ele já aguardava o toque. Um minuto depois a tia ligou.

— Tá adiantada.

— Tô não, filho. Aqui no relógio do celular são quinze horas.

— Relógio maluco, então.

— Moleque...

— Fala, tia.

— Carece vir, não.

— Hã? Como assim, tia? É seu aniversário. Não vou faltar nem a porrada.

— Calma, menino. É que... como é que você fala mesmo? O bicho rolou.

— Pegou, tia. O bicho pegou. É invasão?

— Shhhhhhhhhh... Fecha a boca! Sabe lá quem está ouvindo. Virou o maior sururu isso aqui.

A palavra ausente

— Mas eu posso chegar cedo, antes de anoitecer.
— Não, Moleque, vem não...
— Mas a senhora não vai mais fazer a festa?
Peraí que estão batendo lá fora.
— A senhora não tá falando no celular?
É, mas só tem sinal perto da janela.
A linha ficou em silêncio por alguns segundos.
— Tia — ele insistia vez por outra.
— Voltei. Era o homem que compra coisa velha.
— E a senhora vendeu?
— Eu não, Moleque. E aqui tem alguma coisa pra vender?
— Só a dona da casa. Vai com gota, catarata, reumatismo...
— Vira essa boca pra lá.
— Tô brincando, tia. Mas me fala: e a festa?
— Fica aí. A gente faz outro dia.
— Tia, a senhora tá cansada de saber. Se não fosse a senhora, eu tava fodido. Tinha caído que nem o Casquinha. Que nem Lucas. Que nem o primo. Puta que me pariu, viu?
— Lava essa boca, Moleque! Eu sei, eu sei. Sei que você quer vir, mas... Vamos fazer o seguinte: volto a telefonar em vinte minutos.

A birosca de Seu Oscar, duas cervejas casco escuro e um conhaque. Para Cidão, seria inconcebível não ir. Os setenta anos dela, praticamente sua mãe desde que a outra se foi. O pessoal que segurou as pontas, todo reunido. Os amigos. Devia ir. Mais: tinha que ir. Comprara até um presente. Um par de meias, já que a tia não aceitava coisa cara.

— A conta, Seu Oscar.

Ele voltou à Associação, agora vazia, sem levar no bolso nenhum plano genial.

Cidão! — gritou a atendente.

Nada.

— Cidão! Não é a sua ligação? — ela insistiu.

Ele se encaminhou para a cabine.

— Alô?

— Oi, Moleque. Já tava quase desistindo. Ninguém atendia.

— Me atrasei. Desculpa, tia...

— Olha, tô decidida mesmo. Nada de festa hoje.

— Ô, tia...

— Só não posso fazer nada se o povo vier aqui em casa, trouxer umas cervejas, uma carne, aí não dá pra recusar.

— Então formou, tia. Mas não pensa que eu tenho medo de ir aí. A parada é a seguinte: quando a chapa esfriar, a gente almoça, ou toma um sorvete, e te entrego o presente. A gente passa uma tarde junto.

— Vai ser bom.

— É, vai ser bom.

— Tchau, Moleque. Cuidado na volta, viu? E juízo. Fica com Deus.

— Tchau, tia.

A tia permaneceu por alguns minutos encostada à janela, com o celular colado à mão direita. O gelo que fora entregue havia pouco mais de meia hora derretia no canto da sala. Fez o certo, ponderava. Agiu como devia. Um risco grande demais, afinal. No dia seguinte, quem sabe, se acertava com Cidão. Chateado ele estava, mas era compreensivo. Sempre foi, desde garoto, disse baixinho, ao colocar o aparelho sobre o parapeito. No dia seguinte. Uma boa conversa. E tudo bem.

As pendências da casa estavam à espera, e ela se preparava para fechar a janela quando a algazarra das crianças do lado de fora roubou a atenção. A pressa em tênis, merendeiras e mochilas. Os rios turvos descendo as vielas. Galinhas sujas ciscando em pneus velhos. As bolsas plásticas nas poças d'água. Um estampido seco.

Outro.

Outro.

Mais outro. E a festa estava mesmo cancelada.

Enquanto fechava a janela sem pressa, já com o intuito de se proteger sob a cama, a tia pensou em Cidão. Que o Moleque às vezes perdia a calma, é verdade, já tinha disparado alguns tiros por aí, acertado uns sete ou oito, porque devem bem ter merecido, ele é que não merecia essa vida de ficar se escondendo, entrando e saindo da prisão, esse sofrimento. Que ele sempre falava que o som dos tiros é igual a barulho de morteiro, e gostava dos fogos no réveillon. Que a essa hora estava bem, em casa, a salvo. E, espiando pela fresta da janela quase cerrada, até achou bonitas aquelas estrelas riscando o céu, como se abrissem fendas para a noite passar.

para ver as meninas

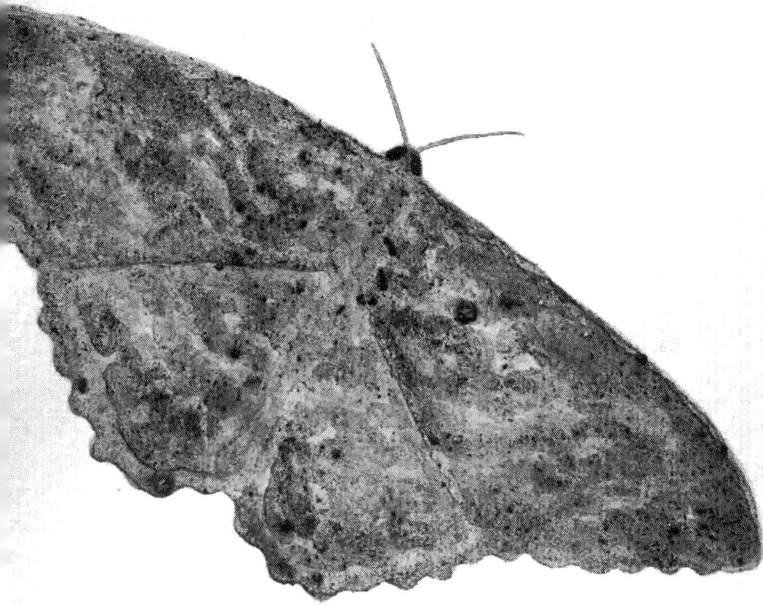

Sempre detestei chavões. A melodia que abdica da dissonância para não machucar ouvidos treinados. Os versos rimando amor e dor. O papo autoajuda de que a crise é sempre uma oportunidade. A caixinha de surpresas. Mas naquele dia, sentado no banco do ônibus rumando sem rumo, sem querer me desdisse.

Precisava gastar as horas pela cidade de alguma forma. Sob pena de enlouquecer de vez. Cheguei pela manhã no trabalho, bati o ponto, dei bom-dia, tomei café com adoçante, sentei em minha cadeira, abri meus arquivos, mas as horas não seguiram como de costume, aquele acúmulo de nadas que no fim resulta em coisa alguma. O Zé Luiz, chefe do Departamento de Documentação e Pesquisa, virou-se para mim e, de pronto, Meu amigo, você sabe como anda a economia do país, e a recessão, e a falta de dinheiro, e o superávit primário, e o estrangulamento do mercado de trabalho, e eu pensando, esse filho da puta vai me mandar embora. De fato: eu estava demitido. Após quase vinte anos de trabalho ali, naquele mesmo lugar, as mesmas paredes, a mesma cadeira, as mesmas pessoas, a mesma sucessão de nadas.

Me despedi de todos sem desespero ou tristeza. Havia somente uma monstruosa interrogação dentro do estômago, enganando a fome. Combinei de recolher minhas coisas no dia seguinte, e Que pena, você é um cara legal, e você vai arrumar emprego melhor, e nunca valorizam o que a gente fez por eles.

Um bom-dia para o senhor também, claro, claro, é verdade, mas é assim mesmo — a rua, enfim. Chegando ao ponto, olhei para a avenida apinhada de gente. Mais partidas que chegadas. Quando subi no ônibus, o primeiro que passou, pensei que seria bom não ter trabalhos pendentes, pessoas pendentes, apenas uma nova e inútil paisagem. Pensei, enfim. E era só o que faria a partir dali: pensar, pensar por linhas e linhas, por horas e horas, cutucando os neurônios até encontrar aquilo que se perdeu. Que em algum momento se perdeu.

A Elza, sempre aquela escrota fodendo a minha vida. Fofoqueira. Muambeira sem-vergonha. Macumbeira. Porra, eu detesto trabalhar assim, puto dentro das calças. E ainda me abre esse sol de matar cabra. Ê gente chata, sempre reclamando. Velho querendo moleza porque é velho, baleiro sorrindo pra eu abrir a porta e deixar encher o saco dos passageiros. Será que eles acham que eu acredito que gostam mesmo de mim, que eu caio nessa simpatia toda? Picas. Só querem arrumar algum. E eu queria agora era um cafuné da Juju. Mas a Elza, aquela escrota, me fodeu. E ainda tenho que dirigir até de noite sem saber se a Juju vai estar em casa quando eu voltar, bolado porque sei lá se ela, só de onda, resolveu sair com algum babaca, só pra me sacanear. Porra, não aguento mais dirigir essa merda.

Luiza foi corajosa e me mandou passear. Quanto tempo? Essa insistência com o tempo... Dez anos. Dez completos anos e nem mais um dia. Quando cheguei à casa dela com as flores de sempre, rosas-pêssego — ela gostava de rosas-pêssego —, sem drama ela me disse tchau. Também não exigi explicações. Estava tudo ali, naquela cena: eu, com o buquê de rosas-pêssego na mão; ela, entre o alívio e o constrangimento, revelando uma couraça que não havia conhecido. Os olhares, antes atirados como faróis um em direção ao outro, aqueles dois medos imensos que se escudavam eram agora olhares vadios, vagando pela sala, batendo nas paredes.

Não vá pensar que foi só a demissão que me jogou naquele ônibus. Nem que foi o pouco dramático final com Luiza que me atirou nesta penúria de vida. Muito já desceu rio abaixo. Fui elegante. Embalei os meses seguintes ao adeus nos lençóis brancos da calma, dedicando-me a agradar quem me pagava o aluguel, parando com o cigarro e enfim cumprindo a velha promessa de cuidar mais do corpo, menos do espírito. Nova topografia também: de um confuso Botafogo para a paz quase acachapante da Urca.

Pouco a pouco, a imagem de Luiza se desintegrou, sem que eu sentisse. Não foi uma navalhada. Não. No decorrer dos dias, a face dela desfez-se nos pontos de uma pintura impressionista e, nas raras ocasiões em que nos esbarrávamos por aí — amigos em comum, aniversários, casamentos —, dois beijos na bochecha e um boa-noite resolviam tudo.

Pensei que jamais suportaria perdê-la. Luiza foi meu Salvador crucificado, minha bandeira política, minha santa predileta. Depois dela, nunca mais amei ninguém. E decidi — sei lá como decidi isso, simplesmente aconteceu — não me negar prazer algum. Mulheres enfileiradas como carne de segunda num açougue, e as consumia, sem culpa ou remorso. Quando o ônibus já despontava nas ruas fazia quase meia hora, divertia-me ao listar os diferentes rostos, peitos, pernas, bocetas, jeitos, beijos, cheiros, pescoços, pés que se esfregaram no meu corpo, talvez querendo amor, talvez apenas uma boa trepada.

A cada orgasmo, cada vez que o esperma saía de mim ainda com a virulência de um organismo jovem, eu parecia me esvaziar. Será que um dia acabaria tudo, se extinguiria, nessa porra ordinária que largava por aí, o meu poder de homem? Se antes pouco importara, agora sim. Porque na esteira da ausência de Luiza, a obsessiva busca pelo prazer era uma alegria de anilina. E a chuva não tardava.

Ainda que flertasse com o otimismo. Mesmo quando me refugiava em casa, profundo e estoico, toc, toc, toc, lá vinha a esperança teimando em bater à minha porta. Deus abençoe os suicidas: eles se vão para que a gente procure motivos para permanecer.

Caguete. Tava tudo nos trinques com a Juju. Ela perdoou um vestido ou outro fora de casa, e agora tudo no rumo. E vem a Elza, aquela escrota, fazer fofoca. Muito rameira. Porra, o Cardoso é corno de nascença. Nasceu com isso, tá marcado na pele, tatuado. Ou ele pensa que só eu é que tomo de vez em quando uma gelada com a mulher dele? E ela também é babaca. Não segura a onda? Por que não disse que gostou da cerveja? Quase dois meses já. Agora, essa dor de cabeça me estourando os miolos. Esse gringo falando uma porra de uma língua esquisita: Rau o quê?, Uat o quê?, Copacabana, biutiful, muito biutiful. É, tem puta, mulher gostosa, é só mostrar as doletas, ô cabeça russa. Merda de engarrafamento. Ó o playboyzinho se metendo a besta. Carrinho do ano, papai deu, foi? Ó o tamanho do carrão aqui. É Mercedes também. Se mete a besta de me fechar, vai...

A viagem durou mais de uma hora até o Recreio dos Bandeirantes, o ponto final.

Enquanto lembrava de Luiza, da falta que joga as pessoas nos braços umas das outras, meu peito aos poucos se escancarava, como a janela à esquerda. Não que os outros pudessem olhar dentro de mim e ver quantos bichinhos inquietos se conflitavam. Eu era invisível.

E precisava voltar. Novamente a casa, novamente a placidez da baía de sujeiras veladas da Urca. Voltar apenas, ouvindo o som que trazia na pasta, olhando os passageiros.

A tarde avançava, o ônibus continuava vazio.

Na frente, algumas velhinhas com jeito de aposentadas. No meio, próximo a mim, um senhor de camisa polo e celular no bolso, com o filho adolescente ao lado. À direita, dividindo o banco comigo, a outra filha do senhor, uma menina ainda, lia. Tinha os cabelos morenos, a pele bem clara, e carregava uma mochila cheia de rabiscos: assinaturas, frases, desenhos, coisas incompreensíveis. A garota cheirava a uva.

Os passageiros, a lembrança de Luiza e, no headphone, a voz suave do Paulinho da Viola. A paisagem movia-se: casas, postes, postos de gasolina, outdoors, rapidamente, muito rapidamente, e o ônibus parecia estacionado. Tudo corria para trás, e eu ali, entreouvindo, de quando em vez, um breve sussurro a reclamar das leviandades do motorista. Mas nem freadas bruscas nem pisadas fundas no acelerador me atingiriam. Tentei dormir. Fechei os olhos e procurei apagar aqueles borrões da lembrança. Para colocar na máquina uma nova folha em branco, é mesmo fundamental trair o passado.

Graças a Deus tá chegando o Rio Sul. Vou embora, porra, tenho que ir embora. A cabeça vai estourar. Eu devia era estourar a cabeça da Elza. E a da mulher do Cardoso também. Não sabe o que quer? Se casou com um babaca, o que é que eu posso fazer? E ainda me coloca nessa situação fodida. Agora o otário aqui tem que pedir justamente a ele pra me liberar do turno. Mas ele vai ter que liberar, não tô em condição.

Ô Cardoso, numa boa, camarada, hoje acordei com a cabeça arrebentando de dor. Tá foda, tá foda. Não dá pra trocar aí com outro e me aliviar? Amanhã eu dobro.

Tremendo filho da puta, esse Cardoso. Corno, cornudo toda vida e fica aí cheio de pose. Custava me liberar? Eu ia cobrir outro quando ele quisesse. Mas não... Tem que sacanear, acho que quase esporra quando sacaneia alguém e aí acaba que não consegue mais comer a mulher. Porra de cabeça doendo. Porra de Rio Sul. Porra de passageiros. Queria mais era sumir, passar por cima de tudo, sumir com esses carros todos, com esse sol. Ninguém tá nem aí. Eu que me foda. Então, eu quero é que se foda a

Elza. Que se foda o Cardoso. Que se foda a Juju. Que se foda esse trampo de merda. Que se fodam vocês. Que se foda. Que se foda. Que se foda.

A música me despertou de um início de cochilo. Cantava o Paulinho: "Hoje eu quero apenas uma pausa de mil compassos". Era isso: uma pausa. Que se estendia ao trânsito parado.

 O ônibus vencera Copacabana e ali, naquele Botafogo quase Urca, minha Urca de paz que não me pacificou, nada se movia. Havia um acidente na esquina da Rua Venceslau Brás com a Avenida Pasteur. O ônibus com a frente destruída, cinco ou seis carros amassados. Ninguém machucado, ao que parecia. Vi que prenderam o motorista. Dois guardinhas municipais o seguraram — ele reagindo, transtornado, gritando: Que se foda, que se foda — e o colocaram dentro da patrulha.

 O que acontecia lá fora repercutiu dentro do meu ônibus. Logo um pequeno rebuliço se formou em torno da senhora sentada no banco logo à frente. Atenta ao radinho, ela contava, nervosa: O moço enlouqueceu e desembestou de correr. Acertou um carro atrás do outro. Será que perdeu o freio?

 Nada havia a fazer, senão esperar o engarrafamento acabar e o ônibus andar novamente. Senão ouvir o Paulinho falando da pausa, insistindo na pausa. Senão ver o fio amarelado do entardecer repartir o céu como se fosse um segundo horizonte, tentando manter os olhos alheios à sujeira que se levantava dos motores dos carros no lado de fora e aos poucos invadia o ônibus, fazendo-me lacrimejar. Não era choro, não era tristeza. Estava seco demais para expressar minha condição em água.

Naquele instante, senti a cabeça da menina encostar-se levemente no meu ombro direito. Ela acabara de adormecer.

A água descia pelo rosto, a cabeça da criança de quem não sei sequer o nome tocava em meu ombro, o pó do asfalto e a fumaça entupiam o ar, os passageiros ainda comentavam o acidente, ou simplesmente dormiam (alguns conseguiam, apesar do disse me disse). Eu ouvia "Para ver as meninas", sentindo a vibração do sono quase transparente daquela garota e imaginando de que bairro ela vinha, o que faria no futuro, quantos homens a magoariam ou ela mesma magoaria, se um dia também entraria num ônibus e, no trânsito engarrafado, ficaria se cutucando atrás de razões maiores para levar adiante. Ali, recostada em meu ombro por quinze minutos ou algo mais, em meio a centenas de carros e ônibus e irritações, naquele silêncio adocicado pelo batom de uva, ela era uma breve nitidez na janela embaçada pelo calor.

Dindinha

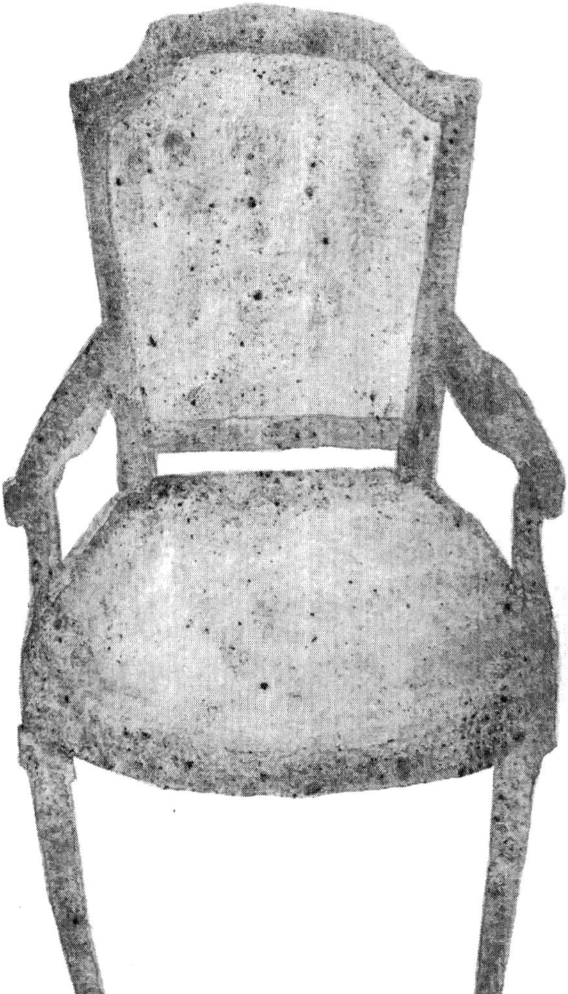

Júlia já havia parado de chorar quando ela bateu suavemente na porta do quarto.

— Abre, querida, é a Dindinha.

A menina acabou de enxugar os olhos com a palma das mãos e caminhou, esvaziada, até a porta.

— Oi, Dindinha — e a madrinha a enlaçou num abraço demorado.

Sentadas na cama, a porta já fechada, Dindinha alisava os cabelos negros de Júlia enquanto falava que a mãe logo iria esquecer o assunto, que a mãe era nervosa mesmo, e que esse negócio de fingir dor de barriga para faltar à escola não estava mesmo certo.

— Mas você vai ver. Depois de um dia ruim, vem sempre um dia bom.

Júlia nunca tinha pensado nisso. Que pudesse existir alguma lei, segundo a qual haveria sempre um revezamento nas coisas que aconteciam com a gente.

— É uma questão de justiça divina, Julita.

Dindinha sabia de tudo. Era a mais estudada da família, fez até faculdade. A mãe às vezes dizia que a Dindinha se achava, e Júlia ficava pensando que faltava algo aí. Se a tia se achava, se achava o quê?

O som agudo soou logo cedo. Dindinha apertava a buzina do carro para acordar a manhã e expulsar qualquer sujeira que restasse da noite passada. Júlia reconheceu o barulho, e correu para o quintal a tempo de ver a tia ainda batendo a porta do Chevette dourado. Ao entrar na casa, Dindinha ouviu os muxoxos da mãe de Júlia, que reclamava daquela algazarra antes das oito. Mas não ligou.

— Julita, vamos pra Petrópolis!

— Vamos?

— Vamos. Você tem que conhecer o Museu Imperial. Pra entrar lá, a gente tem que botar uns sapatos grandões.

— Como assim, Dindinha?

— É pra não arranhar o chão. São umas pantufas imensas. E você vai conhecer também a casa do Santos Dumont.

— Aquele do avião?

— É! E do relógio de pulso.

— Posso ir, mãe?

— Vai, mas quero ela aqui antes de anoitecer, viu, Dona Beth?

— Fechado.

Ao entrar no carro da Dindinha, a mochila da Mônica colada às costas, Júlia carregava uma vastidão de ansiedades, que haveriam de morrer à medida que o dia transcorresse.

— Eu não disse que depois de um dia ruim vem sempre um dia bom?

Ela não tinha como discordar da tia, que dirigia fazendo um dueto com Roberto Carlos, cujas canções tocavam sem parar no toca-fitas.

— Você sabia que a sua mãe sonhava em casar com o Roberto Carlos?

— Minha mãe? Mas e o meu pai?

— Sonho é sonho, Julita.

— Eu não queria que meu pai fosse o Roberto Carlos — e Dindinha riu do resmungo da menina.

Na parada da Casa do Alemão, as duas comeram brioches e bolinhos de carne, e compraram biscoitos amanteigados para na volta amansar a mãe. Já em Petrópolis, depois de visitar o museu e brincar de limpar o piso arrastando os sapatos, foram à casa de Santos Dumont, onde Júlia se divertiu com a escada projetada para se começar a subida com o pé direito — canhota, ela não entendia por nada essa mania de as pessoas acharem que tem que começar tudo com o pé direito. Até o Santos Dumont, meu Deus.

Foram ao Quitandinha, à Casa da Princesa Isabel, ao Palácio de Cristal, e passearam pelas ruas antigas da cidade, as mãos entrelaçadas dizendo mais do que as palavras.

Quando enfim almoçaram, um canelone ao molho branco, com direito a torta alemã de sobremesa, a tarde já começava a se despedir com o vento frio da serra.

— Vamos embora. Senão, já viu — e Dindinha pagou a conta, tocando Júlia até o carro.

Pegaram a estrada. Enquanto desciam, Júlia dançava com as curvas, deslizando de um lado a outro no banco de trás. Só pararam para comprar banana-ouro.

— Você já provou?
— Nunca!
— É docinha...

Comeu praticamente todo o cacho, que ficou a seu lado até a chegada ao Rio. Júlia passou mal no dia seguinte e teve ainda mais certeza: depois de um dia bom vem um dia ruim, e vice-versa. Dor de barriga, enjoo, o corpo pesado como chumbo. O que valia era Petrópolis latejando na lembrança.

Quando prendeu o dedo na cadeira de praia, e a mãe jogou vinagre, santo remédio caseiro, sem, contudo, evitar a dor e a roxidão, que permaneceu por dias;

Quando Aline não quis emprestar o livro sobre a menina que virava rosa, e Júlia achou que ela não era mais a sua melhor amiga;

Quando o pai não deixou que ela fosse para a colônia de férias da escola, e todas as outras garotas foram;

Quando jogaram fora a Luluzinha, boneca de que mais gostava;

Quando o bloco passava na rua, e ela não podia ir ver as fantasias;

Quando a mãe montou uma festa no quintal, e choveu.

Nessas, e em tantas outras ocasiões, vigorou a frase da Dindinha, que Júlia tomou como regra. Confortava a certeza de que tudo de ruim, e grande, poderia vir seguido de algo bom do mesmo tamanho.

E foi à frase da tia que ela recorreu, mais ou menos um ano depois de ouvi-la pela primeira vez, ao ver Dindinha recostada na cama do hospital. Exames de rotina, contou a mãe, e aquela visita não fez medo em Júlia.

— Quando a gente vai de novo a Petrópolis? — perguntou ela, sapecando um beijo na testa da tia.

— Logo que eu sair daqui.

— E vai demorar?

— Acho que não, Julita. É só acabarem os exames.

— E a gente vai poder ir de novo no museu?

— Claro!

— E na casa do Santos Dumont? E comer canelone?

— Vai, meu amor.

— E comprar banana-ouro na volta?

— Só se você prometer não comer o cacho todo para não passar mal. — e o gracejo rasgou um sorriso no rosto de Júlia.

Na semana seguinte, estava de volta ao hospital.

— A tia precisou fazer mais exames, Júlia.

— A essa hora da noite?

— Mudaram o horário de visita.

— Mas ela tinha falado que ia pra casa logo. E que a gente ia de novo para Petrópolis.

— Por favor, filha, não comenta isso lá de jeito algum.

Júlia não comentou. Ao olhar para a tia, parecia que não, aquela não era a Dindinha. Os cabelos, agora ralos, abriam pequenas falhas. Estava magra, um fiapo em roupas brancas. A expressão, abatida, mentia sobre quem estava ali. Dindinha tomava café com leite com a ajuda de uma enfermeira, que erguia a colher, levava até sua boca e voltava a mergulhar na xícara. Júlia pediu que ligassem a TV para ver o programa da Hebe, o preferido da tia. Viram juntas. Quando o programa terminou, a mãe chamou Júlia para irem embora.

— Não esqueci de Petrópolis, viu, Julita? Na semana que vem, tá combinado.

— Combinado, Dinda — a menina respondeu, reencontrando no semblante da tia uma nesga de serenidade.

— Vamos embora, Júlia — a mãe apressou.

Antes de ir, Júlia voltou até a cama, aproximou os lábios do ouvido da tia e disse, sem acreditar, que depois de um dia ruim sempre vem um dia bom.

dona Sophia

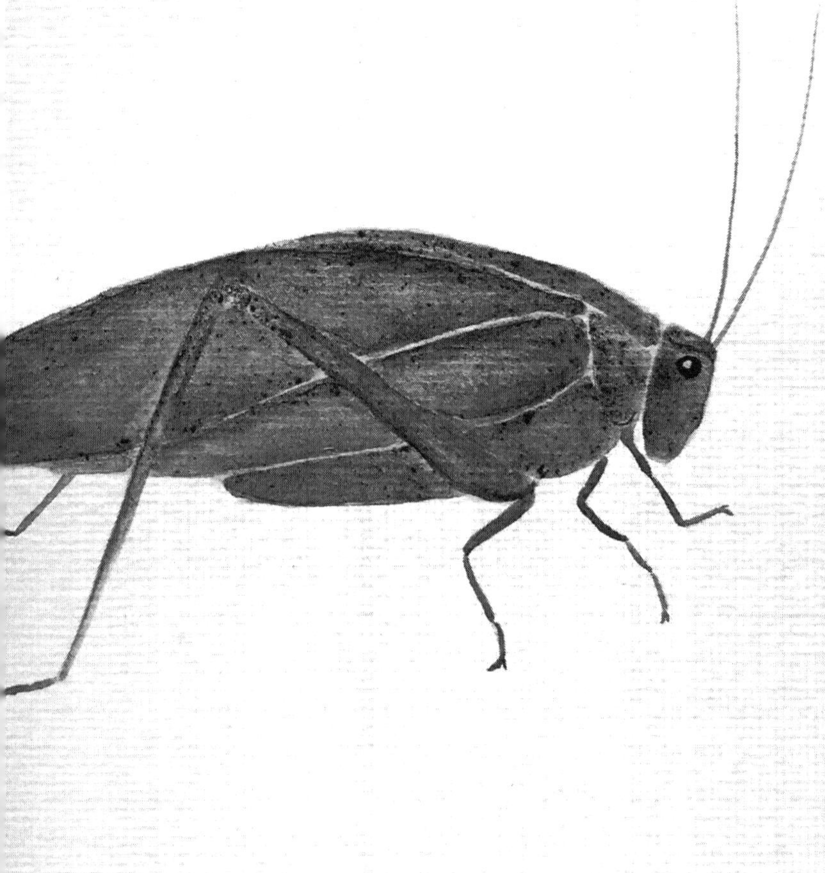

Esticava os lençóis quando ouvi a porta abrir atrás de mim. Me virei no susto, e o Dr. Fernando olhou com cara feia. Achei que ele fosse comentar que o trabalho já era para estar todo feito, mas não disse palavra. Ao seu lado, estavam Severino, o carregador de malas, e uma senhora de cabelos cacheados e grisalhos, olhos claros, bem magra. Era Dona Sophia.

Ela esperou alguns minutos até que eu terminasse com a cama e me agradeceu baixinho, nem sei se o Dr. Fernando ouviu. Falava de uma forma estranha, na mesma língua que a gente fala, mas com um som diferente, sei lá. Tive que me segurar para não rir.

Depois que saímos do quarto, o Dr. Fernando reclamou comigo da demora e contou que a nossa nova hóspede era uma escritora famosa, de Portugal. Que ela ia receber um prêmio no Teatro Amazonas e por isso estava em Manaus. O Teatro Amazonas é lindo. Nunca visitei, mas, se todo mundo diz, é porque é.

A entrega do prêmio seria dali a dois dias, o Dr. Fernando me falou. E eu devia dar toda a atenção para a Dona Sophia. Toda a atenção, entendeu?, e ele repetiu isso umas quatro ou cinco vezes. Já tinha entendido na primeira.

Quando a Dona Sophia chegou, eram quase onze da noite. Pensei que fosse ficar no quarto, até por causa da idade, mas me enganei. Pouco antes da meia-noite, ela apareceu no hall — eu estava limpando os elevadores — e perguntou se o hotel tinha algum sítio ao ar livre para descanso. Pedi que esperasse e fui perguntar para o Dr. Fernando o que diabos era sítio. Ele me disse que era como se fala lugar lá em Portugal. Então mostrei a ela a parte da piscina, que fica virada para o Rio Negro — o pessoal aqui chama de deque. Antes de ir para lá, ela perguntou se eu podia, por favor, lhe servir um chá. Sim, senhora, claro que sim, só um minuto. De que sabor a senhora prefere?

Ah, e um copo de vinho. Branco. Gostaria que viesse fresco.

Só voltei a ver Dona Sophia na manhã seguinte. Por volta das nove horas, ela pediu que me chamassem.

Esse tipo de coisa nem sou eu que resolvo, mas acho que a Dona Sophia gostou de mim porque faço questão de ser sempre bem-educada com os hóspedes. Queria que eu regulasse a temperatura do ar-condicionado. Aqui em Manaus faz muito calor, e a gente deixa o ar bem gelado. Deve ter passado frio na madrugada, coitada. E acho que se deitou tarde, porque o Dr. Fernando disse para os recepcionistas que aquele era um caso especial, o café podia ser servido a qualquer hora. Ela então avisou que ia descer para comer alguma coisa e perguntou se eu faria o favor de lhe fazer companhia no elevador. Sim, senhora, claro que sim.

Devia ser importante mesmo, a Dona Sophia. E eu estava toda boba de poder servi-la, ainda mais porque foi ela quem exigiu que eu fosse pessoalmente. Nunca tinha visto uma escritora antes. Muito menos premiada. O Dr. Fernando disse que ela ganhou muitos prêmios lá na Europa e que era uma honra para a cidade de Manaus receber uma pessoa conhecida no mundo inteiro.

E o Dr. Fernando é muito inteligente, vive lendo. Ele me falou que, dos dez livros mais vendidos da lista do jornal, sempre lê pelo menos três. Mas não perguntei se já tinha lido alguma coisa da Dona Sophia. Fiquei com vergonha, porque o Dr. Fernando é muito sério. Aliás, a Dona Sophia também. Pelo que eu senti logo de cara, não é de falatório, não.

Esse rio denso, mudo, olha bem, dá para ouvir a respiração da noite, ela disse, quando levei o vinho branco na noite do segundo dia. Fiquei espantada com a frase, e Dona Sophia continuou. Queria pousar o meu amor neste silêncio como uma rosa sobre o mar. Ela ficou na parte da piscina, como na véspera, sentada numa cadeira voltada para a margem, observando as águas escuras e fazendo algumas anotações num caderno marrom.

Eu me afastei e me escondi atrás da cortina do restaurante, olhando de longe. Às vezes parecia que falava sozinha. Que tinha alguém ali, uma amiga, sei lá, conversando com ela. Chegava a mexer os braços. Aí se virava novamente para o caderno e riscava as páginas com a caneta.

Já me preparava para ir dormir quando ela se levantou da cadeira. Colocou o caderno e a caneta na mesa, e começou a se mover de um lado para o outro, bem devagar, como se ouvisse uma música que ninguém mais ouvia e que fazia o corpo mexer. Estava dançando, a Dona Sophia.

Por ordem do Dr. Fernando, no dia seguinte, logo cedo fiquei à disposição. Era o dia da entrega do tal prêmio, e ela tinha que estar pronta às dez, porque o motorista passaria no hotel pontualmente. Não achei Dona Sophia animada com o prêmio, não. Parecia mais alegre nos momentos em que ia para a parte da piscina com seu chá, ou com seu vinho, do que quando tinha que sair para os compromissos da viagem.

Durante o café, dei parabéns, ela sorriu, e só encontrei nossa hóspede novamente no fim da tarde. Eu saía do serviço, e ela chegava da cerimônia. A cara era de cansaço, de quem quer um bom banho e cama. Enquanto eu saía, me acenou com a cabeça e dei um tchauzinho com a mão. Também merecia descanso.

A escritora deixou um embrulho para você, o Dr. Fernando me disse logo que botei os pés no hotel. Hã? Para mim? É isso mesmo, a escritora lhe deixou um presente, está na recepção.

Bati o ponto e corri para o hall.

Me entregaram um envelope pardo. Dentro tinha um livro, grosso, de capa dura. *Antologia*, dizia o título, e debaixo dele aparecia um nome: Sophia de Mello Breyner Andresen.

Não sabia o significado da palavra antologia e fui perguntar para o Dr. Fernando. Ele me falou que era uma seleção dos melhores textos. É como no futebol. Na seleção brasileira não estão os melhores jogadores do Brasil?

Entendi.

Daí ele quis saber por que me interessei por aquela palavra, e eu contei do presente. Ela te deu um livro?, perguntou, com jeito de quem ia rir, e disse que talvez eu não fosse entender os poemas. Que se eu não entendesse, ele podia me ajudar.

Nunca tinha lido um livro, mas fiquei tão feliz, tão surpresa com o presente da Dona Sophia, que me prometi que ia ler aquele, sem precisar pedir arrego para o Dr. Fernando. E li mesmo.

Não foi fácil, não. Primeiro, porque achei estranho. Eu achava que poesia tinha que ter rima. Mas se na capa estava escrito poesia e dentro não tinha rima, era porque era poesia mesmo. Nem precisei perguntar isso para o Dr. Fernando. Desconfio que, se perguntasse, ele ia me gozar.

E o livro tinha umas palavras estranhas à beça. Creta, cedros, Cacela, Kronos, amphora, Pérgamo, rododendros, toiro. Delphos, cupidez, nereides, Knossos, tença, oleado, manuelino, nardos. Não estavam nem no dicionário que o Dr. Fernando me emprestou, e que ele falava que era o melhor. Mas algumas eu consegui entender.

Ela escreveu no livro que um dia quer ser o mar e a areia. Eu fiquei pensando como seria se a gente de repente virasse água no meio de tanta água, ou arranhasse que nem areia, levada pelo vento, sem nada que prenda ao chão. Será que a Dona Sophia vira areia quando dança sozinha?

Eu nunca entrei no mar. Nunca nem vi. Só escutei as ondas. Lembro bem: era pequenininha quando minha mãe trouxe uma concha e pediu que eu colasse na orelha. Um barulho tão bonito.

No livro da Dona Sophia tem também sol, onda, árvore, lua, flor, selva, essas palavras da natureza. Mas o que tem mais mesmo é mar. Engraçado ler tanta poesia sobre mar e saber que a Dona Sophia ficava um tempão na parte da piscina, sentada, olhando o rio.

E rio é diferente, é água doce. Rio eu já vi. No rio já entrei. Com o rio eu vivo desde bem menina. Negro, Solimões, Amazonas. Rio para mim é travessia de barco. Lugar de pescar piranha, pirarucu. Ou de tomar banho. Rio é a mãe chamando a gente para o almoço, é o pai entrando na canoa para ir trabalhar, é brincadeira de briga de galo, é gosto doce-azedo de cupuaçu.

Antes de ler o livro da Dona Sophia, eu nunca tinha pensado nisso, não. Antes, o rio para mim era só rio, às vezes fundo, às vezes raso, às vezes mais limpo, às vezes mais sujo, mas só ele mesmo, o rio.

E confesso que da primeira vez que li o livro não consegui entender muito bem as coisas que ela escreveu sobre o mar. Acho que, para a gente sentir, tem que ter encostado na coisa, cheirado, pelo menos visto de perto.

Mas depois eu li o livro de novo, e de novo, e vi que, apesar de a gente ser tão diferente e de eu não ter encostado nem ao menos meu dedo na água salgada, pareço muito com a Dona Sophia. Sei que nunca vou receber um prêmio, nunca vou escrever um livro, nunca vou ser famosa como ela. Também nunca pensei em ser mar. Mas em rio, sim. Tem horas em que eu quero ser rio. E areia. Bem fina, leve, solta no ar. Para poder dançar sozinha, que nem a Dona Sophia, no ritmo secreto que só nós duas conhecemos.

Este livro foi composto nas fontes
Chaparral Pro Light [texto] e Mistery Typewriter [títulos],
impresso pela RENOVAGRAF em papel Pólen Bold 90
e diagramado pela BR75 texto | design | produção.
Rio de Janeiro, agosto, 2022